大嶺岬

津波古勝子歌集

短歌研究社

目次

大嶺岬

I

大嶺岬

カバー（琉球絣）上地タケ製作

I

何を見よとぞ

朝あさの茶をひむがしへ差し上ぐるそれよりほかになすすべのなく
北の国からめて山河を破壊するいかなる神や何を見よとぞ

連絡のとれぬ仙台の桂先生祈り祈りてみ声のとどく

受話器よりのみ声かわらぬ実直に健やかなれば泪零るな

その指を離さないでっ　沈む声　海に暮鐘の音おも重し

悲しみはいずべへやらむ親なき子の泣きくたびれて眠りつつ泣く

今われにかなう雑巾百枚を縫うて届けむ春のあしたに

人らみな黙しがちにて耐うる日に桜はほほと咲《わら》いさざめく

冠雪のあだたら山のいただきを消極的平和論のふぶくよ

滝水のやわき光に濡れて佇つわれの吐息の細に交じる

麦褒めを唱うる山辺しらしらと羽毛のような雪降りはじむ

あかときの雨の暗渠を襲うがに膨らみゆくを見下していつ

しばしばも襲いくる波さながらに七つの星を見失いたる

白鳥《しらとり》はうすずみ色に俯けり虚空《そら》つきぬけて羽撃けよかし

のっぺらぼう

捜し物ばかりしているこの日ごろ燕はとうに巣立って去《い》った

たんぽぽの綿毛は雨にてり映えたり雨余の光を怪しぶなかれ

原発を護りし力いかなりや他力本願の大和男子《やまとおのこ》の

誰が炎《ひ》を消しにゆくのか冬薔薇ことば巧みに後退りして

「良識は行動のため」チョムスキー教授の声の西の海より

朝虹のたつ明るさにおろおろと壺屋の壺を棚より降ろす

ヴァイオリンの弦いく筋の切れぎれにいたく縮れていのちはかなし

かくありて時すぎにけむ人の世の条理も巨き波に奪わる

牛馬消え村の景なきのっぺらぼうわがふるさとの大嶺《うふんみ》村に似て

しなやかにゆるる炎よこの今も数多の命消えゆくものを

しろがねのストロンチウム原子量を知る由もなく銀杏散乱

うたに風哭く

日月のめぐり晴るかしむらさきの色退かぬ間にオナリ神よぶ

時をこえ死者と交わる哭きうたの節ほそほそと出ずる眉月

霊感のおもむくままに振舞いて死者を宥むる歌に風哭く

愛《かな》しかる名をよび別れの謡遊《うたあし》び死にゆく者の途《みち》を結ぶや

三線《さんしん》をひくたなごころしらじらと後生《ぐそう》の謡《うた》の節三下り

草むらの窪いに水の玉の照るよべ縒り泣きし女神《おなり》の涙

彼の死は良い生だった　海だった　電話の声の男泣きする

死者の手のように白波うち寄する男は自らの影踏みて立つ

忌わしき原発を訴えて二十年チラシをさえも人は見ざりき

何を見ることになろうか訝しみ合点なきまま時は過ぎゆく

太田昌秀名代にて会いし福島の県人会長いかに在すや

仙台の「沖縄クラブ」みな大和人《やまとぅんちゅう》泡盛さげて訪いしかの日よ

筑紫哲也いまさばいかに報ずらむ組織の闇のはびこる国を

「騙すな」とつね沖縄をかばいたる筑紫哲也よミンサーのタイに

「沖縄は正しい被害者」と言われおりもとより基地の歓迎あらじ

ゆるやかに絞首のつづく南島《みんなみ》の命《ぬち》をも見ませ地震《ない》はなけれど

アズマイチゲは目覚めているか

「がんばろう日本」の陰の意に聡く「沖縄は別」と書きくるる君

新しき裂け目を人は見ず知らぬふりして白きマスク往き交う

除染という言葉しきりに耳を打つ二〇一一年春たける間を

錆びつきしトランペットを唇に当つる少年　海に真向かう

だぼだぼのジーンズをはく少年よ耳失いしごとき沈黙

ももいろの触手をひらく春潮にイソギンチャクはいかな顔もつ

大波にさらわれし街よかの日見しアズマイチゲは目覚めているか

泥海の土の中より出できたる赤きアルバム　生きていませよ

人影の失せたる町に残されしかわゆき動物《もの》らいかにか果てむ

うつし世の荒磯けぶれるいささ身を哀しむなかれ潮引きて満つ

照明《あかり》を一つ眠《やす》ませ

水嵩の泡ともないて脹らめる危うきこころに大根を煮る

雪解けて向こうの屋根へわたる鳩 銀《しろがね》に光《て》る風切羽の

冬枯れのひまわり雪に溺るるを見て過ぐわれも何にか溺る

朝の雨しぶきやまざる塩の道なだりに草の花みごもれり

雲海にしずめる樹々のしたたりを集めて水は一途に走る

五位鷺は悠然としばし佇みてやおら泥土に嘴《くち》を入れたり

うすらなる春の白雲すかしみる高空碧き詩《ことば》あくがれ

食されぬ稲刈るなへに秋茜つがいつつ飛ぶ誰ぞかなしき

わが子のごと養いたりし黄牛《あめうし》の飼葉たえだえ共にぞ啼かむ

新星のあふるる極みに爆ずという宙の仕組みを畏るるべしや

カーテンを向日葵色にとりかえて照明《あかり》を一つ眠《やす》ませおかむ

上山の茂吉の家の杉群に高く実りいし木通《あけび》はいかに

群鳥の飛び立つ羽音にふり返る冬の湖面の水平思考

くみし得ぬ視座を識るべし夕べ降る雨は重たき雪にかわりぬ

火星《マース》近づく

第三の被曝戦争と声ふるえマイク握りしむる福島の母

六万の一人となりて平和遺族会の幟かかぐる明治公園に　反原発集会

北よりの電話とぎれて流星のゆくえを思う寂かすぎぬか

原爆をしらぬ日本人三割強　ひそけき森に火星《マース》近づく

これの世をゆるがす巨き災いに嘆かうあした日輪のぼる

あかときに咲きし朝顔ねもごろにセシウム抱きて蜜の眠りへ

白北風《しらにし》の生るる海境しらしらと万《よろず》の魄の日射しを反す

暮れはやき陸前の海さきわいを漁るかに見ゆ明々と燃ゆ

背に腹はかえられむかな「しょうがない」それぞれの核を人は抱けり

「福島子ども・こらっせ神奈川」へ今年も三十名の申し子

群青の一重を解き福島の子らの土産に福侶《ふくろ》をつくる

「めちゃ楽しい」丹沢に遊ぶ子らの声木霊となりて幸いを呼ぶ

信仰は働きならず歩みと言うあゆみのごとくわれははたらく

重い荷は置いて行きなさい

おきなわのデンファレ二箱かかえいて涙ぬぐえず東松山まで

それぞれの名を告げて御香三本を立つる丸木位里先生の通夜

煩わしきものは見まさず黒眼鏡の奥の眸は澄みて澄みいき

香ばしき泡盛を捧ぐ位里先生の霊前に長き祈りのまえに

重い荷は置いて行きなさいと宣いし縁踏みて入る亡き人の部屋

酒二本提げたる夫とおみな子と丸木美術館二十周年なりき

この春を共に祈りし沖縄の佐喜真美術館の平和集会

近藤芳美への想い浅からぬ位里先生春雪の朝を遠く来ませり

信厚き約束なれば弔辞上ぐる近藤芳美の訥々として

丸木位里先生逝かれしこの年を戦後五十年の記憶となさむ

一本の線を責任もちて引く丸木俊よりいわさきちひろ

俊先生送らむと心はやる朝鉄路は雪にぬれて滞る

匂やかに化粧されたる俊先生の冷たき頬に白菊を寄す

贈りたるエプロンまとう俊先生双手広げて夢に立ちます

近藤とし子夫人

その慎みを

やわらかきみ声に癒しの力ありきその慎みを見守りて来つ

嫁しゆきし母を嘆かう日のあれば贖罪のごとこのひとに仕う

誕生日に贈るＣＤに先生もともに歌いし「夏の思い出」

キリスト像のルオーの視角に跪くまどろみ給う先生のかたえ

赤きリボン緑のリボンの鋏分かつとし子夫人の美しき聡明

八角を仕舞いおきたる小袋の今日も匂える夫人《ひと》のよすがに

「山椒の実をお持ちなさい」向山の庭に母なる声のありたり

薬箱の底より出でし六神丸とし子夫人より賜わりしもの

眼《まみ》を病む先生の掌に杏子のせ遊びせむとや「はて何でしょう」

とし子夫人に請われ歌いし「アヴェマリア」のちに聞きたる先生の口笛

わだかまる天皇拝謁は夫《つま》のためとし子夫人に諭され行きぬ

夫人の手に編まれし靴下いくそたびつぎ当てて履く愉しむべしや

主のもとに先生のみ手に抱かるるとし子夫人を称えまつらむ

「僕がいなくなれば価値が出る」と賜わりし鳩時計いまに歌うことなき

アカンサスのドライフラワーをかなしみてガラスの瓶に守りいませり

木洩れ日のときおり光《て》らす白滝の真水より合いながらすぎゆく

わかれ

おきなわに求めしシーサーの門に立つ細川邸に柚子の香し

ふきのとうの精進揚げを霊前に晴子夫人を慰めむとて

ゆき逢えば少年のごとはにかみし八十五歳の細川謙三

見識はつゆ出されず温かき心遣いのジェントルマンなりき

人の心はかり難かり近藤芳美批判のかげの愛もまた知る

若きわれを導きし金井秋彦よ冷たき肩にふれて告別

香りよき林檎を供う秋彦の遺影は詩人の眼差しをもつ

「身の裡に刺を養え」声低くまれに厳しき夜の電話に

欠落を気付かぬままに奔りたり春ゆく銀河のほの白き道

日常に用なきゆえに「詩」なると片口笑いし秋彦かなし

無技巧の歌も時には◎沖縄のことわざ朱に囲まれて

梅のはな一夜の雨に散り敷きぬ落合郁子わかれ難しも

摩文仁丘のダバオの塔に参りしよ互みに百合の花束を抱き

賜わりしレースの白きブラウスを纏い行きます九条の会へ

沖縄は美しすぎて哀しいと告げにし人も隠れ給いぬ　悼・森繁久弥氏

春の雨降りそぼつ日に水仙の袴を解く心鎮めて

疲れ果て這うごとき文字《ふみ》を給いたりあくまで律儀な人にあらせば

「癌と歌う」切なる歌を読み返す柔き佐井さんの御手は在らずも

「歌わるる身となりて立つ」佐井ゆたかを晩春《はる》の心の襞に忍ばす

ゆく春の月おぼおぼと儚げに別れむとする雲のしりえに

II

君たちの平和遺族会の小さき示威もまた過ぎていむ朝のまにして

反靖国集会といい一隅に継がるる行為今日一と日さえ

〈近藤芳美　「未来」二〇〇〇年十二月号〉

黒きトラック

「ふたたびは戦死者出すな」八月の九段にビラ配る平和遺族会

キリスト者の良心がゆるさぬ国の武装老いて弛みなき小川武満

「父を夫を英霊と呼ぶな」プラカード高く掲ぐる敗戦記念日

機関銃の擬音《おと》にクラクション響らしくる靖国通りの黒きトラック

平和行進のシュプレヒコールに声つまるコソボの子らよティモールの妻よ

戦争の後こそ沖縄は苦しかる戦後責任を問う声嗄らし

「沈黙は共犯なり」堀の水淀むなだりに咲く夏水仙

「これからはボタン一つの核戦争」近藤芳美の声太かりき

脅かされ生きしのぎきし沖縄の海の神々をも欺く安保

白北風《しらにし》の吹く朝空にさざ波のごとき白雲南へつづく

沖縄の基地の図赤く塗りこめて盥に満たす「基地買《こう》ミソーリ」

「もうガマンしない！」東京大行動久志の女ら潮の香のする

「振興策もついていますよ」「沖縄の基地大安売り」銀座ねり行く

すき透る心育む清ら海《ちゅ》にジュゴンは棲まう「ヘリポート来るな！」

黄金色の幼魚死にて捕らえられしジュゴンの母の哭く久志の海

若者の抱くギターに貼りつけし「基地反対」のシールそれぞれ

憤りやがて悲しみ寡黙なる上原成信へ泡盛を注ぐ

密約

騙絵のような統治の左右する霧深ければ慶良間《けらま》は見えず
あからひく摩文仁の丘に若泉敬の献ずる詩《うた》こだませよ

しおしおと鎮魂の野を過りたる人の命のふり向かざりき

自らの命にかえて「密約」を刻印したる若泉敬

砂浜に軍配昼顔咲きみちて苛むこころ知る人も無く

切られたる耳はいずべを迷走すあの瞬間は発光してた

雨あがりの砂をしずめて牛車ゆく福木なみ立つ径の暗みへ

青梅を漬けたるままに忘れいし瓶より無明の酢の匂い立つ

けたたましき鵯の鳴き声やみたれば振り返りたり雪の散く

関東の一坪反戦地主あまたオスプレイ反対　星々きらら

政論は世論にあらず正論のカーブして行く水氷の上

大嶺岬

訪いゆけぬ大嶺岬　青海の水脈《みお》しわみつつ消えゆくあわれ

大嶺《うふんみ》の岬の崎の崩れおり基地を造ると掘り削られぬ

ナハ・エアベース那覇空港となる今も自衛隊機ならぶ目立たぬ際に

指笛の空耳なるや波の穂の戯れながら押し寄せてくる

サバニ*より双手の魚《いゆ》を投げくれし叔父は還らずいかに果てたる

*板をはり合わせた小型漁船

王朝の魚貝たくわえし大嶺の漁場《いのう》ついえて啼く浜千鳥

大嶺に「ザン池《ぐむい》」ありその昔ジュゴン遊べる海豊かなりし

栴檀の屋根より高くむらさきの花ぞかなしも大嶺の家

母がいて弟がいて姉がいて父の戦死を知らず過ぐしぬ

戦死せし父たちも加害者と識るまでの幾たびの夏おのもおのもに

つじつまの合わぬ議論をくり返す「ミサイル防衛」誰が鈴つける

五十機を瞬時におとすF22わが家の在りし大嶺の辺に

ドア押して自衛官の前に申請すわが屋敷跡の大嶺へ行くに

扉の外に上ぐる声あり「日本の憲法は沖縄に届いていない」

光線のたゆまずめぐる島のかげ岬へ向かう猜疑のこころ

復帰前の国民保険料三十万円納め得ぬまま期限すぎたり

島《しま》御《う》香《こう》薫く

明るすぎる平和とう春に父たちの遺跡訪ねむひとり旅立つ

海山より挟み撃たれし父たちに何を告ぐ白き貝殻拾う

岩壁の天井黒く煤けいる洞窟《がま》に膝折り両の掌をつく

銃弾に撃ち抜かれたる飯盒の蓋の転がり岩しずく溜む

赤黒く腐食きわまる水缶と飯盒の前に島御香薫く

褐色のアメリカ軍の水缶を軽く叩けばほろと崩れぬ

幾千の米軍の艦くろぐろと迫りくる夢　海は見えずき

道に生うる草々も六十年の時を得て紅葉しおり潮騒きこゆ

雲の中へ出で入り返す鳥影の光となりてついに消えたり

ひめゆりの歌きかしめよ喜屋武《きゃん》岬　岩屋の香炉を囲む折鶴

埒のなきことにはあらず肌を刺す岩上に靴をぬぎて正座する

父の遺影を抱きてハブを待ちし洞窟《がま》よ夢の叶わぬ少女ながらに

摩文仁野は白亜の家の立ち並ぶスローカーブに眼閉じたり

ふり向けば虹ほのぼのと立つ見えて声の顕ちくる「沖縄を詠え」

黒衣

木製の古いラジオが鳴っていた六十年前の「乙女の祈り」
天皇の声にノイズの重なりて白膠木《ぬるで》の花の炎えていたりき

奇妙な抑揚なりし天皇の黒衣はいかに吊されいたる

万世は誰がためのもの夜の闇に急停車する音を聴きたり

伏せられし一行ゆえに嗅覚はまさしくなりて遠富士を見つ

革命を待ちくたびれし詩人たちもはや道化の衣を纏えり

大元帥なりし天皇まじまじと幻影を追う命のきわに

大鏡の乱反射して綿津見へ疾走したる二頭の白馬

胸中《ンニウチ》ヌ　泉《イジュン》

残雪の森は明るし河口より最も遠きせせらぎに遇う

合流し合流する川のゆるやかな流れの底に物の怪の見ゆ

名を変えて名をかえて大川となり泥の流るるひとところかも

クレソンを摘む水の面の影ゆれて杳き記憶につと踞る

北方に埋蔵さるると思うだにウランの悲鳴を聴くとかたぶく

まぼろしの原子炉はるかたたなわる訛なき言の葉に慣らされて

遠くまで見ゆる心の光なれそれぞれの影ふかぶかとして

白飛白《しろがすり》ほどきつつ思ういかばかり「深《フカ》ク掘《フ》リ己《ドゥウ》ヌ胸中《ンニウチ》ヌ 泉《イジュン》」

無防備を武器とし生きし父祖なりき濤に撓いて舟を操り

ふり返るこそおもしろき心はも右辺にあればいずれも左

大阪より二十名の爺婆すわり込み九条のゆくえなど話し居り

わがなずき焦げつきそうな苦クククク小さき擂鉢に落花生《じーまーみ》潰す

伊江島の落花生うまし悲しみがもんどり打ちて寄せても美味し

*ナベの歌になぞらえ励まし給いたる矢野克子さんの「共悦」出で来ぬ

*恩納ナベ

地を打ち踊る

三秒に一人の子どもが死んでゆくハンカチを掌に顧みる海

地球ごと傾きかげる悲しみを踏みしめている雨の砂浜

引潮の干瀬《ふぃし》のアオサに人群るる水無月かなしふるさとの海

母逝きて二十年《はたとせ》の梅雨晴れわたり水平線にかすむ虹雲《ぬじぐむ》

水に晒し毒ぬき食みし蘇鉄の実いま赤々とはじけて笑まう

住む土地を奪われしわれら細りゆく心に祖国を憎しみたる日々

飛び*ながら眠るとう鳥の妖怪を眼鏡はずして見るとも見えず

*オスプレイ（英国名）

DANGERなる立て札の前に戻り来し吾を銃もつ米兵が睨む

迷彩の軍服まとう若き兵の同化されゆく哀しみのいろ

戦死体工作場とてきくからに夾竹桃の垣に眼を伏す

まなじりを伝うものあり指笛につられて吾も地を打ち踊る

様式は美しゅうして沖縄の抗議集会に群るる夕星

誰うたうともなく歌う「喜瀬武原《きせんばる》」大合唱となりギターも狂う

対馬丸五十回忌

対馬丸五十回忌の取材なれば足重く入る靖国の杜

真実を知らざるわれの稚き日ひたすら父を恋い来し杜か

キャラメルとボンタン飴を供えいる老い母幼き子の名を呼びて

水欲りて対馬丸の甲板降り逝きし弟へ捧ぐふるさとの水

「対馬」という文字を見るさえ辛き日々いのち得し子もやがて還暦

ローソクの炎のように走りくる魚雷を見たる声のふるえて

五十年経し海底の対馬丸いかにやあらむ老教師つぶやく

ふるさとの茴香の花いろ付きぬわがベランダの古きバケツに

レイテ戦記

戦没者遺族生《な》すまじ平和遺族会の襷をかけて官邸の前

「イマジン」の歌声あつき議事堂前イラク撤兵の声上げつづく

夥しき死者の映像「レイテ戦記」わが父上地五郎いずくに

夫の父も比島《フィリピン》に死にたればいつか訪わむと声の潤むも

「さとうきび畑」の歌の流れいて父母失くしたる夫立ち去りぬ

虫のごと切り捨てられし米《アメリカ》兵俘虜たちの眠るミッドウェーの海

五千メートルの海底に眠る父たちよ海蛇のようなうねりやまざる

読谷の野に植えむとて挿しおきし紫陽花あまた秋の日に萌ゆ

沖縄戦記

おきなわへの思い浅からぬ城所さん果実野菜を届け下さる

『沖縄戦記』著しし兄君をしずかに語りわが手を握る時折つよく

書の道をきわむる女《ひと》の潔さ苦しみ越ゆる言葉明朗

「五十歳過ぎて通信始めました」女子大了えて漢詩に優る

袋いっぱい届け給いし柚の皮を甘く煮て沖縄の妹へ送る

「ふきのとう採りにいらっしゃい」天井に蚕棚守る城所家訪う

春雪の吹きはらわれし梅林にまぎれゆきたる言葉を探す

曖昧なことばに巻かるる繭のごとついに身動きならぬ日の来る

代理署名拒否裁判

白き襟のスーツを纏い出勤す代理署名拒否裁判の朝

企業誘致専門員の委嘱受く

たかぶれる面持ちに誰も寡黙なる東京事務所に知事を迎えて

最高裁大法廷に沖縄県太田知事坐す被告席なる

眼に光るもの溜めて知事は訴うる「どうして沖縄だけに基地をおく」

座間味島集団自決は日本軍の命なかりしと言う官僚のあり

木彫の少年像に寄りてゆく夫よ自ら職退きし日に

モームの原書を読んだかふるさとの電話に応う夫八十歳

さっくりと切りて塩揉む春キャベツ慶良間鰹節を削りてのせむ

まばらなる春の光をうら返し蜜蜂一つ森を過ぎゆく

平和の礎《いしじ》

大統領《クリントン》歓迎の幟こそ揚げよ神の名の下に対等に立ち

沖縄サミットの際に平和の礎の前で日米友好の演説をした

「Yes Answer Before」リームズ局長の机上のプレート

「口紅は貞女の証」ミス・ヴァイツは紅薄きわれを諭しくれたり

シャワーブライド祝いくれたる品々にアメリカンの善意を知りぬ

稚きわが血に汚したるシーツをヴィクトリア優しく洗い給いぬ

千代従姉

ひめゆりの制服白板に吊り下げて千代姉は語る声しめやかに

腸にうごめく虫を取り除くひめゆりの学徒なりしを明かす

ひめゆりの傷みを裡に生きて来し美しき千代姉の背丸みおぶ

とつとつと証言はじむる老兵の輪姦のくだり奥歯が痛む

友軍の大の虫に殺られし小虫とぞ戦場の声　大の虫いずこ

半旗はためく

旧制農林健児之塔の最終の慰霊祭とて夫《つま》に伴う

入学の間《あい》なく陣地構築に駆り出されしをつぶやく夫は

信号は赤にて嘉手納防衛省ロータリープラザに半旗はためく

青光の点滅やまぬ嘉手納基地爆音訴訟却下されたり

嘉手納町の基地占有83％胡弓の調べ震えやまずも

みどり児は夜々の爆音に怯え泣くその若き母の髪ぬけ落つる

基地の中に沖縄はあり背を丸め翁は三本の歯に肉《しし》を噛む

米軍の演習に子らは遠回りして登校す明るき声に

ベアテ・シロタ

広島に憲法九条の碑のあるを誰も知らずに二十余年過ぐ

「生ましめんかな」詩《うた》いし栗原貞子さん墓地に九条の碑を建て逝けり

沖縄は今しも戦場とのべたれば金髪の人しきり頷く

控え目な物言いなりしベアテ・シロタ首ひき寄せて抱き給いぬ

夕焼くる空ひとところ青くして境界線の守られおらむ

金色の塔

山ごぼうの稚き花の白きまま苅られていたり「ぐんまの森」に

空晴れて追悼碑のめぐり明るめど昨夜の雨の湿りしるけし

樹々囲む追悼碑の前に頭《ず》を垂れて闇を透きくる叫喚を聴く

金色の塔は閑けき森に立つわが痛ましき憎悪預けむ

朝鮮人強制連行犠牲者の名簿に見入る涙《なだ》乾くまで

道具のごと用いし命半島より来たりし吾らが祖《おや》と識らずき

父の子に子の父親に隔てなき国境を越えて平和を詠《うた》う

平和遺族会群馬の森に言葉なくトルコ桔梗の白きを献ず

羽色の未《いま》だ乏しき鶯《とり》が鳴く差別は見えぬ黴の如しも
温かき掌を握り合いて別れ来ぬ遺されし者の誓い新たに

ナヌムの家

「慰安婦の拉致なし」とみなされ身を曝し証言したる朴福順《パクポクスン》さん逝きぬ

帯を解き巾着作るハルモニへの土産ゆかしき風薫る日に

「死ぬ前に認めて下さい」ハルモニの水曜デモへ暁を発つ

漢江《ハンガン》に沿いてナヌムの家を訪う「9条連」の若きらと共に

数百の兵士並み立つ慰安所の写真見に来よ日本の総理

戦場に性暴力はついてくる金髪の女の声潤みおり

あかあかと躑躅《つつじ》は咲くに項垂れて松毬《まつかさ》拾うナヌムの庭に

「ゴメンナサイ許シテ下サイ」唱えつぐナヌムの家を出でし時より

ハルモニを囲む韓国の水曜デモ１０７３回反戦の声

「日本人を恨みはしない反戦を」李容洙《イヨンス》凜々し八十五歳

平和願う遺族の証マイクもて日本大使館前に告げたり

平らかに「謝罪と賠償慰安婦へ」未来の幸を分かつあけぼの

ハルモニのハンスト抗議に伴いて食を絶ちたる幾日のありき

慰安婦を招く裁判の資金づくりに韓国海苔を売り捌《さば》きしよ

二時間を並びし慰安婦裁判の二十秒にして却下されたり

「沖縄は韓国に似る」ハルモニのわが手を固く握り締めたり

慰安所のアジアの地図に標さるるその数沖縄もっとも多し

韓国の昨日の雨に濡れし傘を富士の見ているベランダに乾す

言いふくめまた言い含められている安保の海の波うねりつつ

おきなわの空かき乱すオスプレイを狙う小指に輪ゴムをかけて

Ⅲ

イザイホー回想

新北風《みいにし》の海わたりたる久高島十二年一度の*イザイホー祭り

*神女誕生儀式

細帯のしなうかたちの白き島神々生るる久高島はも

アマミキヨ*が陸上《おか》りせるカーベル岬北《にしぬふぁ》の方指して夕波せまる

*創世神

白鉢巻《しるはちまち》そびらに垂らしウムイ*謡うヤジク**は深き哀しみ知るを

*おもろ　**イザイホーの進行係

七つ橋七たび渡り神アシャギ*へ吸い込まれゆく夕神遊《あし》び

*小屋（神殿）

ひとつらの白装束の駆け出ずる霜月明るきイザイ山さす

黒髪を垂らして遊ぶ十六夜の御殿庭《うどぅんみや》に太鼓のひびく

三日《みっか》夜を籠りたるのち神となりイザイ花挿す髪を結い上ぐ

ひそやかに*エーファイ謡う女神《うないがみ》額と頬とに朱印おさるる

*畏敬のことば

耳ひろげ屈まりおれば聞こえくる綿津見の声イザイ川ぬけて

よろこびに*ティルルを謡う神女らの輪舞となりぬ冬の月夜に

*ウムイの別名

綱にぎり舟漕ぐしぐさ吐息熱く男おみなの神々あしび

蒲葵《くば》の葉の敷かれ御酒《うんさく》香りたち天はほのかに光を放つ

おみならを島に留むる習慣《ならわし》といまこそ知りぬ巫女《ノロ》いまさずて

録音機《デンスケ》を担ぎヒールを手に持ちて白砂の道を息急きゆきぬ

久高島の内間《うちま》・外間《ほかま》巫女《ノロ》は伊勢神宮の内宮外宮と呟きし人

縄を引く男おみなの白熱をエロスのイメージとラジオに告げぬ

海の述懐《すっくぇー》

珊瑚礁を打つ波の音ひびく庭に福木《ふくぎ》の皮の染料臭う

沖の濤青々と寄する若夏の海の述懐《すっくぇー》に耳朶《じだ》かたむけむ

しかすがにうねりくる海胸熱く吹く草笛の〈いかなしん鳴らん〉

台風《うふかじ》の眼の空白く欺けり返《けえ》し風《かじ》またおどろおどろと

乾きゆく池の窪みのかぎろいて魚《いゆ》あぎとうを見て帰り来ぬ

つゆ寒の國學院を久に訪う迢空の研究室を探して

波之上《なんみい》の迢空の歌碑を語りつつ当間一郎の影を歩みぬ

ガラス窓広き室ぬちに賜いたる戦後アララギ一号のコピーを

色褪せしスーツの安村テル先生久米島小学校へピアノを贈る

「わたしの娘《こ》になってちょうだい」自ら仕立てし久米島紬を賜う

泥に染めし糸の温もり久米島の紬ニライの神々の織

湧水を欲る

灯台はうっとりと立ちパラソルの謡《うた》いだしたる宮古シュンカニ

その前に何をなすべき音曲はゆるやかに膝と腰を折らしむ

雨乞いの呪《うた》につられてのびやかに芭蕉は袖を広げて舞えり

善き言葉はよき訪れの予祝にて羽地《はにじ》の稲穂　今帰仁《なちじん》の西瓜

白種子《しらちゃに》は稲のことわが沖縄に留まりたれば神女《かみんちゅ》なりしと

われの恚《や》みしいくつかも知るふるさとを離りし科とおうなは嗤う

打つほどに毬は弾むと言いおいて老女はわれの手をとり泣きぬ

新月《みかぢち》を麻のかすりに待ちわぶるみずからの影ふみつつかなし

十五日の月円かなると定めあるふるさとの暦つねに携う

真男子《まこころこ》の船漕ぎうたを聞かまほし殺戮はいま遠くにありて

「さまよえる日本人」とは言わざらめ地球の森を商いつづく

物欲にくるいし犬のはらからの美《うま》き星をも喰い尽くしたり

傍証のたぐいことごとく始末して森はあかあかと百草《ももくさ》の老ゆ

ありあけの月かくれたり船霊の神こそかなし　湧水を欲る

映画「ＧＡＭＡ」のチラシを配る十日まり農家より小さき甘藍賜う

長く病む太宰瑠維さん雨の午後を遠く来給いてカンパ下さる

映画の券十枚売りくれし寒野紗也になお高き協力券売りつけぬ

醒めていることばというも寂しかる己がこころのキイ持たざれば

思惑を見抜き得ぬままふるさとのことばによりて家うばわれぬ

豆の花のつぼみふくらむＰＡＣ３の擬装作戦よみたる朝に

指揃えたり

わが娘みどりを乞い求め来し若者は両膝の上に指揃えたり

婚姻をのぞむ青年に真向かいて礼する娘の涙あふるる

皮膚いたく患《や》む子と共に嘆きたる日よ有難くコリント書読む

主も共にい給いて子は健やかな青年の手より指輪をいただく

雪の日もバイクで駆けしバレエ教室と子は結婚の花束に寄す

プリマドンナ夢みる稚な子雪の日をバイクに連れき博多の街を

ひそやかに子の納めいるトウシューズ掌にとれば淡き光を放つ

わが子みどりの嫁ぐ朝の日に輝ける大王松のふかきみどりや

緑一色のコサージ残して旅立てる子を祝ぎ給うとし子夫人は

嫁しゆきし子の抽出しに飼い猫の卑弥呼《ミコ》の首輪を真綿にくるむ

芭蕉葉の袖

かたりかたりかたり始むる芭蕉葉のかげに雨水を溜めて飲みしを

暗号のごとき芭蕉の葉のゆれに水甕の蓋吹き飛ばされぬ

浜下《う》りの三月《さんぐゎち》遊《あし》び嘴に憂い埋めて飛び立つを見つ

浜千鳥ほしいままなる旋律に往きつ戻りつ機密をはこぶ

伊《い》波《は》普《ふ》猷《ゆう》を読みつぐ朝あさ芭蕉の毳立ちながら実の肥るらし

フィードバックのテープ悲鳴のごと鳴りて芭蕉の葉ずれ愉しからずや

受くるべき科にかあらむわが声の嗄るる宵　水無月の島

飛び交える言葉のゆくえふるふると芭蕉根方に蛍隠れり

清明茶《シーミーチャ》すする円卓の古傷に想い出しぬ雨夜の出来ごと

父母の仏前にたく島御香の灰となるまで告ぐるものあり

暮れなずみ霧たゆたえる春の海むらさきふかくいつしか退きぬ

海神

風の盆の里よりの便りおきなわの音曲《おと》に重ねて語らむと来ぬ

大陸へ往き交う波の調べかも風のたわめる列島のうた

干満をたのしむならむ海神の海鳴りやまず雷を呼ぶ

かりそめの愛撫ににたる夏の雨降り止まざれば濡れて帰らな

たそがれの月おぼおぼと星砂をさらいゆきたる海の沈黙

*亜麻和利《アマワリ》のセリフが一つ多いから私が主役と言いし教授逝く

*勝連城主

*百登踏揚《ムムトゥフミアガリ》を演じたる日より庇い給いし護佐丸《ゴサマル》**池宮城秀意氏も亡く

*尚泰久王女　**王妃の父・中城城主

三十年離れる首里のわが訛食にかかわるものきわやかに

男おみなの声連ね唄うトゥバリヤーマ月青き島に何をか忘る

声調は低からずして月明に楽をつまびく飛天とならむ

マラリヤのいわれは言わぬ島人ら神を祀りて嘆かざらめや

明治二十六年島のマラリヤを踏査したるは弘前藩士

細き斧もてる蟷螂おもしろき沖縄に大政治家の生まれよ

神遊《あし》び

都市論と南島論を重ねつぐ吉本隆明机上撫でいつ

論争の時代《とき》はすぎてむ枠を越え言葉を掬う土の深みに

宇宙より視る眼もて南島を親しみ語りし隆明逝きぬ

母から子へ伝う言語ウィルスを比ぶる八重山、アイヌ、モンゴル

大祝《うふはふり》の即位儀礼は縄文的アフリカ的と言葉遊ばす

神ともに寝食なせる南島の神女慕わし銀《なんじゃ》ジーファー*

*かんざし

桑の実の淡き緑に産毛たつ聞得大君の歌聞かざらめ

ニーラスク*より現われしアカマタ**の舞いさざめきて三線の鳴る

*ニライカナイの別名　**蛇（美男に化ける説話）

棕梠の葉を敷きて横たう神女らの身をひらく夜　海神祭

ひめやかに棕梠の葉ゆるる夜の闇に抱き合う影神々遊《あし》び

はつかなる破れ目なりしがいまさらに海と山との類なき悲歌

ミニバラの蕾かぞうるわが声の神歌の節覚えていたり

岩づたう雫かがよう斎場御嶽《しぇーふぁうたき》かなしき事は想わざりけむ

月よみの月のしずくに濡るるべし辺野古の海のジュゴン隠れぬ

琉球畳

母嫁して生みし弟を背負いゆく隠処なりき高良の御嶽《うたき》

病む母に代りて守りし弟の還暦祝いベッドカバーを縫う

ともすれば心にさわる言葉はも海に対いてかなしき歌を

嫁さんほし孫ほしいとはもう言わぬ健やかにあれフルート吹く子よ

吹奏楽部の子らにオヤツを買い与え自らは古き靴に足る子は

本当は俺も音大へ行きたかった四十路の次男酔いてつぶやく

筑波颪に凍え働く子を想うその子らの学費に追われいるらし

北よりの風に変りて窓閉ざす琉球畳のしかと芳し

妖精の声のきこゆる渚辺にわれの海馬を放し飼いして

わかなつの赤木《あかぎ》の森に見えかくるる円覚寺より飛行雲はしる

「岬へは行けなかった」表紙絵を描くと約せし浦崎医師の

沖縄語研究者くると招かれし山路家の庭にシークヮーサー映ゆ

食みながら己舌噛む愚かさに刺さるる刹那畏《かしこ》みて居り

仲添門中墓《なかしむんちゅうばか》

那覇空港ビルの四階に掌を合わすわが父祖の門中墓に向かいて

海に沿う大嶺村は基地となりお爺はふいに潮時《しお》を言いけり

家畑トラクターに潰されき亀甲墓の影さえも無し

大嶺の字の守護神「琉宮」とぞ波打ち際に石祠たつ

島御香・紙銭の灰となるまでを立ちつくす石の祠を前に

会えぬ間に身罷りし叔母よ香たきて吾によく似る遺影に物言う

機織の誉れ高かりしタケ叔母の古きみ機にしばし寄り添う

三人の子女手一つに育てたり比島に戦死せし夫を言わず

健やかな筆運びなる「星座」あり孫《うまご》たのみて銀の額縁を

不登校となりしが学習塾かよいピアノも習うときけばさしぐむ

銀色《しろがね》の硬貨をためる幾年か諒生《りょうせい》　真名実《まなみ》のピアノを欲れば

ベイゴマを競いし近藤先生を言いいずる諒生笑みをうかべて

長の子のフルートの音色澄みわたりわれら金婚の夜も深まりぬ

たった十弗の結納金を秘めいたるわが生さぬ父の潔さを言う

病棟のなだりに枇杷の花親し十二月二十日姉の命日

病床の冬至の膳に沖縄の習俗思わすトゥンジー*雑炊《ジュウシー》

*冬至

島うたのＣＤ持ちくるる娘にあれば古き琉歌を謡い伝えむ

冷たい手

大宜味の芭蕉会館へつづく道芭蕉の陰より揚羽舞い出づ

蜻蛉羽《あけずば》のような涼しき布を織る琉球乙女の指しなやけし

「冷たい手」わが手を頰にあて給う平良敏子さんの変らぬみ声

ゆく夏の風に湧きたつ芭蕉葉の海に向かいて羽搏きやまず

船先に波切り疾るボートあり刹那の羽を海に広げて

空を舞う白衣を欲りて謡わむよ朝虹の立つ今帰仁《なちじん》の海

おきなわの海いつまでも暮れやらず青き尾鰭のわれを誘う

海の風ひそみて森の樹々ゆする高江《たかえ》に集う人ら明るき

ビデオ買いTシャツを買いカンパして高江を離るなぜに悲しき

絶滅危惧種百をあまると聞きしかど山原《やんばる》の森に基地は拡がる

ふつふつと泡立たしめてしめやかにシャコ貝を焼く夏の終りに

おき替えて虚構なり立つ営みを政治というや紅葉散りしく

成就することなからむを識るほどに反戦地主の会へ急がな

浦添市美術館

古琉球の朱漆螺鈿の高卓に尾長あそべり牡丹の花と

伝統工芸のラジオ番組に会いし君の美術館長となり案内し給う

琉球の漆芸の巧み国宝となして収むる大英博物館は

久米島の祝女《ノロ》君南風《チンペー》の首玉入れが最古の沈金漆芸と記す

「君南風や拝《うが》みよう」黒髪長かりし喜納昌吉の一語思い出づ

枕辺に寄りくる島の神々の白衣を透きて紺地の絣

シャムよりの泡盛と来し陶器はも次郎《じらあ》の瓶に蒼き魚とぶ

御茶屋御殿《うちゃやうどぅん》の跡より出でし花瓦に似たるを杜甫の生家に見たり

砂利道にこぼれ落ちたる砂糖きび枯るる節より芽の勢い立つ

さとうきび畑の君の声おだしうりずんの島に過客とならむ

移民百年祭

沖縄の血の繋がれるかなしみに抱き合うサンフランシスコ空港

沖縄人《うちなあんちゅ》の米国移住百年祭の歌舞解説すシスコ州立大学

琉球の紋中心に星条旗・日の丸ステージに貼られてありぬ

屋根を被う松に夜霧のただよえるキャンパスを去る沖縄祭おえて

翁《をなが》長先生のご長女なりし酒巻《さかまき》さん紅型の上衣を脱ぎて賜うも

沖縄祭工芸展のはじまりに三線が響《な》るクラフト美術館

むらさきの淡き花弁アカンサス霜月シスコの公園に咲く

温暖なるシスコの海に光満ち沖縄の血を産み慈しむ

水滴

静寂のかなたに茜雲あれば水は一途に海へ向かうも
無の音に刻みこめたる思考はもこれより先は水に添わせむ

昨年枯れし鉢の苦菜ゆ新芽出であおあおと立つ何の涙ぞ

亡き母の今わの際に唱えいし「あやぐ」の節のにわかに出でぬ

おもろ謡う聞得大君の絵姿を匂い袋に秘めて携う

古典女踊「諸屯」

胡弓《くうちょう》の音色さやかに「諸屯《しゅどぅん》」舞う児玉清子の幽玄かなし

うりざねの三角見付《さんかくみじち》に魅了する二代目襲名披露の「諸屯」

三線《さんしん》の音の間に間に魂を撓わせ舞える児玉清子よ

おきなわの古典芸能を継ぎて舞う児玉清子の目もと涼しき

なめらかに琉歌交えて語りくる児玉清子の舞こそ美《うま》し

恋しのぶ女身を鎮め舞うという児玉清子の芸の確かさ

亡き夫を偲ぶよすがに紅型の裳裾しわめる二代目の「諸屯」

馬場あき子創り給えり「風車《かじまやあ》の花苑《はなあたい》」児玉清子のために

辺空の親しみし沖縄の女踊り《うぃなぐうどぅい》琴の調べのたえてゆかしき

帕《ハチマチ》をりりしく冠す名嘉ヨシ子琉球琴の澄みて響かう

南海に湧く真清水を見透せる馬場あき子ありフィナーレの舞台

児玉清子二代目襲名の幕降りて国立劇場の雨も上がりぬ

南島の深層を掘る馬場あき子釈沼空の足跡たどり

「沼空《シンシー》ヤ男色《ウリグワー》ヤタンドウ」指先を頤に当てし初代清子師匠

引き締めて結う髪型は矜恃とも鬼の涙を見し馬場あき子

朝の潮みちくる頃かはるかなる銀鱗の群いずる方へ飛ぶ

あとがき

一九九一年『残波岬』出版以来、二十三年が経ってしまいました。数名の方々の再三のお勧めにも叶わず今日に至りましたけれど、皆様のお陰で漸く第二歌集出版の運びとなりました。目に見えない大きな力に導かれている事を実感しています。

この間に多くの師や先輩、友人を失いましたが、近藤芳美先生は今も私の中でご健在です。今年生誕百年で年内の上梓も叶わず残念でなりません。「いつも歌を思っていなさい」聖句のようなお言葉を胸に精進して参ります。

日頃共に学ぶ沖縄学研究会や沖縄県人会、平和運動の会の皆様のご支援も有り難く、今後共「未来」はじめ歌友、先輩諸氏のご指導を仰ぎつつ歌の道を貫いて行けましたら、この上の喜びはございません。

カバーの琉球絣は亡き叔母上地タケの織りました物で、知る人ぞ知る名手でした。このたび布地集めに奔走してくれた初枝叔母、晴子従姉に感謝します。出版に際し、短歌研究社の堀山和子様には一方ならぬお世話をいただきました。深くお礼申し上げます。

二〇一三年十二月八日

津波古勝子

著者歌歴

1957年　「九年母」（沖縄）入会
1963年　「芽柳短歌会」（沖縄）入会
1972年　「武都紀」入会（依田秋圃創刊）
1983年　「双峰会」（つくば）入会
同　年　「楡」入会（編集委員）
同　年　「未来」入会（同人）
1988年　南の会「梁」（宮崎）入会
2009年　「黒豹」（名古屋）入会

1987年　短歌研究新人賞候補
1991年　歌壇賞候補
同　年　歌集『残波岬』出版

日本歌人クラブ会員

省　検
略　印

二〇一四年二月六日　印刷発行

歌集 大《おお》嶺《みね》岬《みさき》

定価　本体二五〇〇円（税別）

著　者　津《つ》波《は》古《こ》勝《かっ》子《こ》
郵便番号二二七―〇〇六二
神奈川県横浜市青葉区青葉台
二―三三―B―四〇一

発行者　堀山和子

発行所　短歌研究社
郵便番号一一二―〇〇一三
東京都文京区音羽一―一七―一四　音羽YKビル
電話〇三（三九四四）四八二二番
振替〇〇一九〇―九―二四三七五番

印刷者　東京研文社
製本者　牧製本

ISBN 978-4-86272-387-1　C0092　¥2500E

短歌研究社　出版目録

＊価格は本体価格（税別）です。

歌集	雨の日の回顧展	加藤治郎著	A5判	一九二頁	三〇〇〇円	〒二〇〇円
歌集	曼陀羅圖繪	稲葉峯子著	A5判	一九二頁	二八五七円	〒二〇〇円
歌集	丹頂の笛	糸目玲子著	四六判	二〇八頁	二三八一円	〒二〇〇円
歌集	なごり雪	清水エイ子著	A5判	一八四頁	二三八一円	〒二〇〇円
歌集	夏のゆうかげ	向井志保著	四六判	一七六頁	二六六七円	〒二〇〇円
歌集	時間の器	森下優子著	四六判	一九二頁	二五〇〇円	〒二〇〇円
歌集	湖螢	山田厚子著	四六判	二〇八頁	二五〇〇円	〒二〇〇円
歌集	えくぼ	松井多絵子著	四六判	一九六頁	一九〇五円	〒二〇〇円
歌集	星状六花	紺野万里著	A5判	二二四頁	二三八一円	〒二〇〇円
歌集	神の翼	嵯峨直樹著	四六判	一七六頁	一八〇〇円	〒二〇〇円
歌集	風にあずけて	三木佳子著	四六判	二〇〇頁	二五〇〇円	〒二〇〇円
歌集	くびすじの欠片	野口あや子著	四六変型	一四〇頁	一七〇〇円	〒二〇〇円
歌集	春の扉	河野泰子著	四六判	二四八頁	二五〇〇円	〒二〇〇円
歌集	琉装の雛	銘苅真弓著	A5判	一九六頁	二三八一円	〒二〇〇円
歌集	紫の花穂	宮城鶴子著	四六判	二〇八頁	二三八一円	〒二〇〇円
歌集	海ひかる	谷口ひろみ著	四六判	一八四頁	二五〇〇円	〒二〇〇円
歌集	ミドリツキノワ	やすたけまり著	四六判	一四四頁	一七〇〇円	〒二〇〇円
歌集	厚着の王さま	松井多絵子著	四六判	一九二頁	一七〇〇円	〒二〇〇円
歌集	櫂をください	藤田冴著	四六判	二四〇頁	二三八一円	〒二〇〇円
歌集	夏にふれる	野口あや子著	四六変型	三四八頁	二七〇〇円	〒二〇〇円
歌集	風の毬	工藤光子著	四六判	一九二頁	二五〇〇円	〒二〇〇円
歌集	帽子	花木洋子著	四六判	二六二頁	二五〇〇円	〒二〇〇円